WLADIMIR DE GUEREBEL

Souvenirs
et Pensées

PARIS

—

1908

SOUVENIRS ET PENSÉES

PROLOGUE

Dans l'écrin de mon cœur, pour faire ce recueil,
J'ai choisi longuement, reliques délaissées,
O lecteur, espérant ton bienveillant accueil,
Avec un soin jaloux, souvenirs et pensées !

Il m'a plu d'y chercher le sourire et le pleur,
D'y remuer, sans fin, ces pieuses reliques,
Car toujours j'ai connu la joie et la douleur,
Mais surtout la douleur, heures mélancoliques !

Car j'ai beaucoup vécu, bien qu'assez jeune encor ;
Car j'ai beaucoup aimé, car j'ai brûlé mon âme
A la lampe d'airain, comme à la lampe d'or,
Car j'ai brûlé ma vie à leur ardente flamme.

Comme pour un bouquet composé fleur par fleur,
Ainsi j'ai réuni les feuillets de ce livre.
Sois indulgent pour lui, sois indulgent, lecteur,
C'est l'écrin de mon cœur qu'aujourd'hui je te livre.

SOUVENIR

COMME un nuage d'or qui traverse l'espace
Baisé par les rayons du soleil qui s'efface,
Paraît incendier de rubis l'horizon,
Et semer de grenats les tapis de gazon,
Les tapis de gazon humides de rosée ;
Par ton cher souvenir mon âme est arrosée.

O source de lumière éclatante d'amour
D'où surgit ce bonheur flottant, qui chaque jour,
Constelle mes ennuis d'étoiles mystérieuses,
Dont les feux miroitants, flammes capricieuses,
Viennent me consoler et tarir les soupirs
Qui naissent malgré moi d'inassouvis désirs.

O douceur ! O folie ! O l'adorable chose !
Fuyez ! fuyez au loin ! ô mon chagrin morose !
Car aujourd'hui je rêve, et rêve à ton amour
Comme jadis rêvait le galant troubadour
Qui s'en venait chanter au pied de la tourelle
Les doux vers composés pour attendrir sa belle.

Je rêve avec ivresse ; et cette rêverie
Est pour mon cœur qui souffre une cajolerie,
Quelque chose qui tient du rire et du baiser,
Avec lesquels mes sens veulent s'harmoniser,
Quelque chose de doux comme un lointain murmure,
Une brise qui passe agitant la ramure.

Je rêve avec délice, et je me trouve heureux,
Car le rêve est divin, c'est le don généreux
Que le ciel fit un jour à cette terre infirme,
Cette terre que souille et tourmente le crime,
Cette terre où l'on vit lamentable, écœuré,
Tant qu'on n'a pas vécu quelque songe azuré !

LEURS YEUX

QUE de douces clartés dans les yeux de la femme !
Qu'ils soient profonds, et noirs comme l'érèbe noir,
Qu'ils soient d'un bleu soufré comme un follet du soir,
Ou que de l'émeraude ils aient la verte flamme.

La vie en est la source, ils en sont le miroir,
O les divins rayons que toutes ces prunelles
Aux prismes des iris nous laissent percevoir !
Comme au fond de la mer l'eau laisse voir les perles.

Quel que soit leur éclat, quelle que soit leur couleur,
Qu'ils soient enveloppants dans leur lumière blonde,
Comme le baiser d'or du soleil sur le monde ;
Ou, que, dans une larme, ils disent la douleur ;

C'est toujours la merveille, et telle la libellule,
Qui s'en vient palpiter près des lampes d'argent,
L'amour, sur leur cristal, qui passe en voltigeant,
De ses ailes d'azur, y palpite et s'y brûle.

STROPHES

Vous venez vous poser, belles femmes aimées,
Afin d'y palpiter, un instant, sur nos cœurs,
Comme les papillons, aux ailes parsemées
D'or et de diamants, se posent sur les fleurs.

Et, c'est pour nous la chose éternellement chère,
De presser, dans nos bras, votre corps amoureux ;
Divines, vous venez nous parler de Cythère
Et rien, sous le soleil, ne nous rend plus heureux.

Posez-vous, posez-vous, belles femmes aimées,
Afin d'y palpiter un instant sur nos cœurs,
Comme les papillons, aux ailes parsemées
D'or et de diamants, se posent sur les fleurs !

FUGITIVES BEAUTÉS

RIEN ne résiste au temps qui s'avance et qui passe.
O célestes beautés qui riez au destin,
La terre tourbillonne, aveugle dans l'espace,
Et la nuit qui se meurt voit naître le matin.

O célestes beautés aux longs cheveux de soie
Où se jouent les rayons du lumineux soleil
Comme une nappe d'or qui sous le ciel ondoie
Illuminant l'azur de pourpre et de vermeil.

Vos cheveux seront blancs comme la neige blanche
Lorsque vous aurez vu passer quelques printemps :
Diadème d'argent sur un front qui se penche,
O célestes beautés, rien ne résiste au temps.

O célestes beautés aux yeux pleins d'étincelles,
Aux yeux resplendissants comme des diamants,
Vos yeux perdront l'éclat divin de vos prunelles
Comme s'éteint le jour aux nuits des firmaments.

La tombe est entr'ouverte, il faut tous y descendre,
O célestes beautés que le temps fait pâlir,
Le linceul est tissé pour vous ensevelir
Et la mort, par la main, va venir pour vous prendre.

Qu'importe! jouissez, l'instant fût-il plus court,
Jouissez de la vie et de l'heure présente,
Qu'importe si le ciel ou si l'enfer est sourd
O célestes beautés, la terre est rayonnante.

Car vous l'embellissez en parterre de fleurs,
Car vous l'embellissez de toutes vos présences,
Car vous êtes l'amour, dont les ailes immenses,
Couvrent de leur azur le battement des cœurs.

RÊVE

Vous m'êtes apparue, une nuit, dans un rêve
Amoureuse et riante ; et, l'heure fut trop brève
Où votre ombre ondulée a plié dans mes bras.
Depuis ce doux instant, je me redis tout bas,
Qu'être épris d'un fantôme est une chose folle,
Mais, malgré la raison, vous restez mon idole,
Vous habitez mes sens, et j'espère toujours,
Ombre que je désire, ô mes pâles amours,
Que vous prendrez un corps, et que vous serez femme
Et qu'enfin je pourrai vous dire que mon âme
Par vous seule est émue, et que votre baiser
Comme un souffle de feu parvient à l'embraser.

Mais, le miracle est rare, et si je dois en somme,
Ne vous revoir jamais, ô femme, que la nuit,
Dans le rite troublant du beau rêve qui luit,
Je m'en contenterai. Je sais que je suis homme.

Et que tout homme attend un bonheur qui le fuit,
Heureux d'en avoir l'ombre, alors qu'il le poursuit.
Le réel, n'est d'ailleurs, trop souvent qu'un vain songe.
Si je suis le jouet d'un radieux mensonge,
Pourquoi donc secouer le charme ensorceleur ?
Pourquoi le secouer s'il satisfait mon cœur ?

SOLITUDE

Même au sein de la foule, immense multitude
D'humains, dont la clameur s'élève vers les cieux,
On peut sentir sur soi peser la solitude
Comme au fond d'un désert morne et silencieux.

C'est alors qu'elle emplit tout le cœur de souffrance,
On se trouve isolé sur un rocher perdu
Où la vague des flots qui déferle en cadence
Jette vers l'infini son sanglot éperdu.

Pour ne point se sentir sur cette terre aride
Comme le Mohican, dernier abandonné,
Pour ne point éprouver l'intolérable vide
Il faut un chant d'amour qui nous soit fredonné.

Il faut la bouche amie et parlant d'espérance,
Il faut une caresse à toutes nos douleurs,
La douleur consolée est une jouissance
Et pour l'âme endeuillée une gerbe de fleurs !

Fleur de songe et de rêve, ou fleur de poésie.
Mais, qu'importe la fleur, pourvu qu'elle soit fleur?
C'est un peu de nectar, la goutte d'ambroisie,
C'est un peu de parfum d'encens, et de couleur.

C'est ce qui fait pour nous la vie un peu meilleure
Dans l'éternelle lutte et l'éternel travail
Où chacun de nos jours s'égrène heure par heure,
Ainsi que des soupirs derrière un éventail.

PENSÉE

Il n'est pas de plus pure et de plus belle gloire
Que de savoir garder toute sa dignité,
Devant l'effondrement du beau rêve illusoire
Éclos sous les baisers de la prospérité !

STROPHES

LA douleur est légère, et légère la peine,
Quand pour la supporter, on se trouve être deux,
C'est peu de chose alors que la souffrance humaine,
Il n'est que d'être seul, pour être malheureux.

Le cœur est ainsi fait que toute sa tristesse,
Comme la blanche neige aux rayons du soleil,
Se fond tout doucement dans la chaude caresse
Qu'échangent les amants aux lèvres de vermeil.

SONNET

L'APPAT du plaisir est si doux,
  Si beau son arbre au vert feuillage,
  Qu'il faut que l'on pardonne aux fous,
Qui se prennent à son mirage.

Le plaisir se moque de nous,
Et l'arbre est une vaine image,
Disparaissant dans les remous.
Oh! qui peut se dire assez sage

Pour résister à son attrait?
Phénix, de ses cendres renaît;
L'homme s'enlise dans le sable.

Mais, ici-bas, rien de durable
Et, très douce est la blanche erreur
Que berce l'ombre d'un bonheur!

PENSÉE

LA vie est un éclair, la seconde s'émeut
Sur l'horloge hâtive où l'aiguille se meut
Et lorsque nous perdons ces secondes si chères,
C'est que nous oublions, ô mortels éphémères,
Que les jours écoulés ne se retrouvent pas,
Et que c'est au galop que l'on court au trépas !

FRAGMENT D'UN JOURNAL DE FEMME

J'ÉTAIS jeune : seize ans, et j'ignorais encore
L'amour, et les bonheurs divins qu'il fait éclore.
Je vivais sans désirs, comme aussi sans douleurs.
Je vivais comme font, se jouant dans les fleurs,
Les beaux phalènes bleus aux ailes transparentes,
Sans croire aux ouragans, sans songer aux tourmentes,
Légère, ensoleillée, ayant pour grands soucis
De me laisser bercer de charmes imprécis.
Un rien me rendait gaie, un rien me rendait folle,
J'étais comme une abeille au bord de l'alvéole
Prête à prendre son vol. Oh comme je riais !

J'étais femme pourtant, et je m'émerveillais
Devant le flot joyeux des riches fanfreluches
Qui, des bas ajourés jusqu'aux plumes d'autruches,
Chapeaux, robes, manteaux, jupons et falbalas
Que l'on quitte le soir avec un geste las,
Et tout en respirant un bouquet de violettes,
Forment cet art exquis qui préside aux toilettes.
J'aimais à me parer — était-ce un grand défaut ? —

Toute femme est ainsi quand elle est comme il faut !
De charmer les humains n'a-t-elle pas le rôle ?
Et ça lui va si bien que d'être un peu frivole !
Une femme jolie est toujours un bijou.
Elle l'est davantage au milieu du frou-frou
Du velours, de la soie ou bien de la dentelle
Que son désir de plaire échafaude sur elle.
La toilette aujourd'hui, mais c'est presque une loi.
Donc, un costume neuf me mettait en émoi,
Une bague, un collier de blanches perles fines
M'apparaissaient ainsi que des choses divines,
Et je me souriais parfois dans le miroir.
J'étais heureuse ! Hélas ! Si j'avais pu prévoir !

J'adorais l'existence, et j'aimais ce qui brille.
Mais je ne savais pas pourquoi la jeune fille
Ne doit pas, à la nuit, donner un rendez-vous
Au jeune homme qui parle avec un air si doux ;
Car je ne savais pas ce que c'était qu'un homme !
Mes rêves étaient purs comme le chant d'un psaume.
Ma mère le savait, elle ne craignait pas
Que je fisse en marchant le plus petit faux pas.
Ma mère se trompait ; c'est surtout l'innocence
Qui se laisse duper avec le plus d'aisance.
J'étais pure, c'est vrai, comme un lys virginal,
Mais j'ignorais aussi les embûches du mal.
Le temps fuit ; et le rêve aux visions charmantes,
Laisse s'évanouir ses spirales flottantes

Et, pour la jeune fille, aux naïves pudeurs,
Apporte l'inconnu des troublantes ardeurs,
Qui montent au cerveau par joyeuses bouffées.
O vierges ! à genoux, priez les bonnes fées !
Premier amour conçu dans un enchantement ;
Premiers baisers, plus doux que le chuchotement
Des oiseaux dans les nids, des grillons dans les herbes,
Amour, qui met les fleurs de toute l'âme, en gerbes !

J'avais seize ans, j'étais d'une rare beauté.
Il choisit pour l'aveu, le soir d'un jour d'été.
Je vous aime, dit-il, vous êtes rose et blanche,
Vous êtes l'idéal vers lequel je me penche,
Donnez-moi votre main, ne la retirez pas ;
Marchons sous les tilleuls, et je suivis ses pas.
Le rossignol chantait. La douce tourterelle
Laissait le blanc ramier la caresser de l'aile.
L'insecte bruissait, et les fleurs embaumaient.
Crépuscule divin ! Tous les êtres aimaient.
La tiède atmosphère était douce et câline.
Ses paroles avaient un son de mandoline.
Je laissai son baiser venir à mon baiser.
Je laissai son amour me prendre et m'embraser.
. . . .
. . . .

IMITÉ DE SAPHO

! s'il est vrai que je suis belle,
S'il est vrai que mon œil est doux
Ou, que mon sourire rappelle
Un rêve de bonheur jaloux ;

S'il est vrai que je suis jolie,
Et, s'il est bien vrai, que vingt ans
C'est la saison de la folie,
Et l'ouverture du printemps ;

S'il est vrai, qu'au matin, la rose
Ouvre son calice doré,
Où le papillon se repose
D'amour et d'azur enivré.

Enfin, s'il est vrai, que la femme,
Parfois sur l'homme peut avoir,
Quand l'amour consume son âme,
Quelque symbolique pouvoir.

Mes sœurs ! Dites-lui que je l'aime,
Que me traîner à ses genoux
Me serait la volupté même,
S'il voulait être mon époux.

Mes sœurs ! Mais sa bouche est fermée
A la parole de l'amour ;
Et moi, mon âme consumée,
Vers Dieu, s'envole chaque jour.

Il ne m'aime pas ! Je succombe !
Mes sœurs ! La mort, qui guérit tout,
Demain, aura creusé ma tombe.
Malgré tout, mon ombre l'absout.

AMOUR DE FEMME

ÉVOILE des secrets que la nature cèle,
Découvre le Seigneur dans sa gloire immortelle,
Surpasse César même, et par un noble effroi
Force tous les mortels à n'adorer que toi.

De grandeur en grandeur monte si haut ta gloire,
Que, pour la raconter, en frémisse l'histoire.
Puis laisse-toi bercer aux rythmes de mon cœur,
Comme une coccinelle aux baisers d'une fleur.

Et, comprends que l'amour d'une femme qui t'aime
Est encore plus grand que l'immensité même,
Puisque lui seul, il peut, secouant ta douleur,
Te mettre dans les mains les palmes du bonheur.

LE CŒUR NE VIEILLIT PAS

Tout passe sur la terre ! oh ! comme j'étais belle !
Comme l'on m'admirait lorsque j'avais vingt ans !
La fleur s'épanouit, et l'étoile étincelle,
Le rossignol chante au printemps.

Mes cheveux étaient blonds, d'une blondeur dorée,
Et pareils aux épis que baise le soleil,
Lorsque la plaine immense en est toute parée
Comme d'un manteau de vermeil.

Mes yeux avaient le bleu des turquoises de Perse,
Et leur flamme, changeante aux rayons de velours,
La douceur qui pénètre, et le charme qui berce
Ainsi que l'aube certains jours.

Mes lèvres auraient fait pâlir la rose ardente,
Merveilleuse corolle, où mon sang généreux
Apportait son éclat avec l'onde mouvante
De son torrent victorieux.

Mes dents, je m'en souviens, étaient des perles fines
Plus brillantes, cent fois, que celles des colliers
Que l'on voit resplendir derrière les vitrines
    De nos plus riches joailliers.

La ligne du visage était aussi très pure,
Phidias, Praxitèle eussent trouvé chez moi
L'idéal recherché de l'antique sculpture,
    Mon sourire était un émoi.

Grâce exquise, souplesse, élégance parfaite,
Il ne me manquait rien pour plaire et pour charmer.
Le monde entier semblait vouloir me faire fête,
    Je savais me laisser aimer.

Tout passe sur la terre, oh ! comme j'étais belle !
Comme l'on m'admirait, lorsque j'avais vingt ans !
La fleur s'épanouit et l'étoile étincelle,
    Le rossignol chante au printemps.

Aujourd'hui je suis vieille, et la neige est venue
Mettre ses blancs flocons sur l'or de mes cheveux,
Mes yeux se sont ternis, et mon âge atténue
    Chaque jour l'éclat de mes yeux.

Mes lèvres ont perdu leur fraîcheur coraline,
Mes dents, de l'alvéole, ont quitté le séjour,
Mon visage ridé se plisse et se ravine
    Comme une terre de labour.

Souvenirs et pensées.   4

Grâce exquise, souplesse, élégance parfaite,
Il ne me reste rien, et devant mon miroir
Je regarde approcher la dernière défaite
    Qui sonnera mon dernier soir.

Ma beauté, maintenant, personne ne l'envie,
Ma jeunesse n'est plus qu'un pâle souvenir,
Je suis presque arrivée au terme de la vie,
    Où toute chose doit finir.

La source qui bruissait sous la verte ramure
N'est plus qu'un filet d'eau que le ciel tarira,
Et la lampe devient une veilleuse obscure
    Que le premier souffle éteindra.

Et, cependant, je suis, je suis encore heureuse,
Car si je ne peux plus, ni plaire, ni charmer,
Il me reste du moins, merveille glorieuse,
    Un cœur qui sait toujours aimer.

LA TRISTESSE

LA tristesse, ici-bas, est une résultante;
　　Et c'est elle toujours qui triomphe en nos cœurs.
　　En vain surgit au loin une lueur flottante
Qui s'irradie au prisme éclatant des bonheurs.
En songe seulement, nous percevons la joie,
La tristesse réclame à chaque heure sa proie;
Confuse, la gaîté doit lui céder le pas.
Pourquoi? Dieu seul le sait! Lui, qui de notre globe,
Façonna le limon et réglementa l'orbe;
Lui, qui voulut la vie et voulut le trépas.
Nulle fête qui n'ait son lendemain de larmes;
Et lorsque, par hasard, quelques filtres ou charmes,
Nous forcent d'oublier l'inéluctable loi;
Pour nous la rappeler, le mal, sous mille formes,
Met, sur notre chemin, la douleur en émoi.
Aux ordres des destins, ces choses sont conformes,
O tristesse! et c'est toi qui viens nous enlacer
Chaque fois qu'un doux rêve est là pour nous bercer.

JOURS AMERS

IL est des jours où le cœur saigne ;
Il est des jours où l'avenir
Est sombre, où l'on songe à Montaigne,
Doutant, mais, voulant retenir
Son illusion ! O misère !
Il est des jours où l'âme en deuil,
Triste, voudrait quitter la terre,
Où le corps désire un cercueil.
Des jours, où les fleurs embaumées
N'ont plus ni parfum, ni couleur.
Des jours où les femmes aimées,
Ne nous apportent que douleur.

LA FATALITÉ

C'EST la fatalité, cruelle impératrice,
   A laquelle il faut bien que tout homme obéisse
      En marchant derrière son char,
De l'humble prolétaire au glorieux César.

C'est la fatalité qui fait courber les têtes,
Transforme en jours de deuil nos plus beaux jours de fêtes,
      Donne des ordres à la mort,
Pour l'orgueilleux monarque, ou pour l'enfant qui dort ;

Pour la mère qui prie, ou pour la jeune fille
Qui se laisse adorer sous la verte charmille,
      Souriant à son fiancé,
C'est la Fatalité qui, d'un souffle glacé,

Éteignit sur mon front le flambeau d'espérance
Qui fut le talisman de mon adolescence ;
      Elle, qui me laisse aujourd'hui
Seul avec ma douleur, sans force et sans appui ;

Elle, qui lentèment, creuse la terre humide
Où mes os dormiront lorsque le temps rapide
    Aura fauché mon dernier jour,
Comme il l'a déjà fait de mon premier amour.

LE CŒUR

LE cœur est, nous dit-on, l'organe de l'amour,
    Mais le cœur est aussi l'organe de la haine.
    Le cœur tressaille d'aise, ô lumière du jour !
Lorsque passe dans l'air le chant de la sirène,
Mais il frémit, au bruit sonore du tambour,
Assemblant les soldats pour la guerre prochaine.

Aux baisers de l'amante, il palpite le soir,
Et chacun de ses coups légers, comme un bruit d'aile,
Rythme les mots sacrés que suscite l'espoir,
Mais, lorsque l'ennemi, dans l'ombre se révèle,
Apparaissant soudain, comme un fantôme noir,
La poitrine tremble aux chocs dont il la martèle.

Le cœur est, nous dit-on, l'organe de la joie.
Mais le cœur est aussi celui de la douleur.
Il palpite gaîment, ô soleil qui flamboie !

Quand passe dans le ciel l'archange du bonheur.
Il gémit tristement, tel, le roseau qu'on ploie,
Quand descend, jusqu'à lui, la tristesse d'un pleur.

Il bondit à l'appel de la gloire divine,
Lorsque dans un rayon elle prend son essor.
Il bondit, quand l'honneur l'embrase et l'illumine.
La fortune l'émeut de son sourire d'or.
Les plaintes, les sanglots, les meurtres, la famine,
C'est pour mieux en souffrir, qu'il se soulève encor.

RÊVES ET CHANTS

QUAND la muse, en nos mains, a déposé sa lyre,
Notre pensée, alors, s'exalte en un délire.
Et sans savoir pourquoi, nous chantons dans la nuit
Les pâles visions qu'un vain rêve poursuit :
L'espérance céleste et la nouvelle aurore,
Tout ce qui vient de naître et ce qui vient d'éclore
Sous l'éclatant soleil qui dispense le jour,
Le baiser qui frissonne au souffle de l'amour,
Le printemps, l'avenir, les souriantes choses
Qui peuplent notre esprit de corbeilles de roses
De même que le Ciel peuple les nids d'oiseaux,
Et les prés verdoyants de limpides ruisseaux.
Nous chantons la grandeur et nous chantons la gloire,
Nous chantons le drapeau, nous chantons la victoire,
Nous chantons le bonheur fugitif et brillant,
Qui, pareil à l'éclair, meurt en éblouissant.
Nous chantons les désirs, et nous chantons l'ivresse,
Nous chantons la beauté, le charme et la jeunesse,

Nous chantons l'harmonie avec la volupté,
L'espace, l'infini, le Dieu d'éternité.
Mais nous chantons aussi, ô lyre merveilleuse !
Le sombre désespoir, la tristesse peureuse,
Les peines, les chagrins, et l'immense douleur
Qui sort en gémissant de l'abîme du cœur,
Le nuage qui met son ombre sur l'étoile,
L'obscure trahison qui passe sous un voile,
Le crime qui se baisse et ramasse un poignard,
Le vice qui se cache impudique et blafard,
L'épouvante, l'horreur, les compromis, les haines
Et les déserts remplis de chacals et de hyènes.
Nous chantons le néant, tout ce qui va mourir,
Tout ce qui va sombrer, tout ce qui va périr ;
Le triste vent du Nord, les pâles feuilles mortes,
Et la misère en deuil qui se lamente aux portes
Et se traîne, devant le spectre de la faim
Qui lui refuse, hélas ! même un morceau de pain.

Nous chantons jusqu'à l'heure où notre âme est brisée,
C'est alors seulement que s'endort la pensée.

PENSÉE

LE temps n'existe pas, le temps est un vain leurre.
　　Qu'importe à l'infini, les siècles entassés ?
　　L'infini vit toujours et toujours la même heure.
Il place au seul présent : avenirs et passés.

INSOUCIANCE

POURQUOI donc la pensée
 Comme si, quelque chose, à souffrir, l'exaltait,
 Cherche-t-elle parfois, dans l'époque passée,
Le souvenir du mal qui jadis l'attristait ?

 La peine de la veille
Devrait-elle jamais pouvoir rien enlever
Au bonheur actuel ? Lorsque l'esprit s'éveille
Aux baisers du soleil qui vient de se lever,

 C'est alors que la joie
(Épanouissement de l'âme vers les cieux)
Doit nous envelopper dans son manteau de soie,
Splendide berceau de songes capricieux.

 La mémoire est fatale
Lorsque, fille chagrine, elle aime dans le temps
A nous faire revoir en son triste dédale,
La douleur enchaînée aux portes du printemps.

Quand le destin ami
Nous donne un jour heureux, ayons l'insouciance
D'abandonner demain, à la fraîche espérance,
Et de laisser hier à jamais endormi.

Le présent c'est la vie ;
Et le reste est néant. Avenir ou passé,
Puisqu'aujourd'hui la terre est féconde et ravie,
Qu'importe ! Allons gaiement sur le chemin tracé.

Demain n'est pas encore.
Hier n'existe plus. Que nous fait la douleur
D'hier ? que nous font les pleurs de demain ? La fleur
En est-elle moins belle, et moins belle l'aurore ?

OH! S'IL EST VRAI QUE L'AME
EST UN SOUFFLE DE DIEU

OH! s'il est vrai que l'âme est un souffle de Dieu,
    Qui monte après la mort vers cet abîme immense,
    Où règnent les soleils, la lumière et le feu!
Oh! s'il est vrai que l'âme est faite d'une essence
Sur laquelle le temps, monstrueux destructeur,
Ne saurait aiguiser sa terrible faucille.
Quelle félicité! quel sublime bonheur!
Au milieu des bonheurs dont l'infini fourmille,
Doit éprouver une âme ayant fait ici-bas
Quelque chose de grand qui survit au trépas?
Loin d'avoir oublié son séjour sur la terre,
Elle doit contempler de l'infini si pur,
Et c'est là le bonheur enviable et suprême,
Tout ce que notre globe a gardé d'elle-même,
Son œuvre qui nous reste, et pour qui les mortels,
Que les siècles font naître et mourir à leur heure,
Gardent de père en fils des respects éternels,
Que rien sous le soleil ne ternit ou n'effleure.

PUISQUE TOUT RÊVE EST FOU

PUISQUE tout rêve est fou qu'on fait sur cette terre,
Pourquoi vouloir sonder l'insondable mystère
      Sans trêve et sans merci?
Pourquoi ne pas jeter notre rêve aux étoiles?
Pourquoi ne pas laisser se replier les voiles
      Du ténébreux souci?

Pourquoi nous fatiguer à chercher le problème?
Pourquoi ne pas fermer notre cœur au poème?
      Pourquoi nous démener
Comme le matelot sur le vaisseau qui sombre?
Pourquoi chercher l'aurore et pourquoi craindre l'ombre,
      Haïr ou pardonner?

Pourquoi vouloir tourner telle page du livre,
Et ne pas se laisser tout tranquillement vivre
      Puisqu'il nous faut un jour

Renoncer à la joie ainsi qu'à la souffrance,
Puisque la mort est là qui ricane en silence
      Quand nous rêvons d'amour ?

Richesse, pauvreté, tristes gloires humaines,
Passagères beautés, caresses souveraines,
      Dont nous sommes épris !
Crimes cachés, laideurs dont notre œil se détourne !
Qu'importe tout cela ? Pour la terre qui tourne
      C'est bien le même pris.

Moi, j'adore en fervent, la sainte indifférence
Et je laisse passer : le bonheur, la souffrance
      Toujours trop escomptés,
Comme un nuage au ciel, ou comme la rosée,
Qu'importe de quelle eau mon âme est arrosée
      Si mes jours sont comptés !

Lorsque mon corps n'est plus, que devient donc la flamme,
La bulle de savon dont est faite mon âme ?
      A quoi bon y penser !
Laissons le vent souffler, et laissons couler l'onde,
Car notre intelligence aux mystères du monde,
      Ne peut que se briser !

SCEPTICISME

Cieux illimités, ô profondeurs des nues !
Orbites sur lesquels se meuvent les soleils,
Grand livre des destins aux pages inconnues,
Est-ce à vous que j'irai demander des conseils ?
Est-ce à vous que j'irai demander de résoudre
Le problème éternel de l'éternel amour ?
Espaces ! Vous avez la lumière et la foudre
Mais vous avez la nuit, si vous avez le jour,
Et la hideuse mort est votre Impératrice.
Terrible souveraine, une faux dans la main,
Du point de l'équinoxe à celui du solstice,
Sur son empire immense, elle va son chemin.

Pourquoi vous adresser, ô Cieux ! tant de prières ?
Vous y resterez sourds au sein des profondeurs
Aussi certainement que les mobiles pierres
Qu'arrondit l'Océan entre ses flots grondeurs.

DÉCEVANCE

Ainsi que l'aigle tient sa proie,
Hélas ! on croit tenir la joie.
Dans le ciel clair elle flamboie
Sous le fond bleu du firmament ;
Mais ce divin rayonnement
Ne dure guère qu'un moment.
Au diorama de la vie,
Si l'on touche à l'heure ravie,
L'âme demeure inassouvie,
Car près du rire, on voit le pleur ;
Le chardon au pied de la fleur.
Dans toute maison, la douleur.
La douleur, triste misère !
Qui s'attache à nous sur la terre
Comme à la haine la colère,
Comme la lumière au flambeau,
Comme la dague à son fourreau,
Ou comme le spectre au tombeau.

Et, c'est en vain que l'on désire
Une mer clémente au navire,
La vague vient et le chavire.

On pense tenir le bonheur.
Ici, c'est la gloire et l'honneur,
Et l'on va, heureux moissonneurs
Cueillir parmi les plates-bandes,
Depuis l'époque des calendes,
Les éblouissantes guirlandes
De lauriers verts pour notre front.
Mais le ravin est près du mont,
Près de la louange est l'affront,
Et, c'est en vain que l'on s'envole
Jusqu'au sommet du Capitole;
Waterloo n'est pas loin d'Arcole.
L'aurore est voisine du soir
Et le démon du désespoir
Prend notre cœur pour reposoir.
Or, toutes les fois qu'il s'y pose,
Et c'est toujours la même chose,
Il l'effeuille comme une rose.

On croit, on croit tenir l'amour.
C'est Cupidon qui rit au jour;
Et l'on chante en vrai troubadour :
Elle est charmante, elle est exquise,
Cheveux très blonds, lèvre cerise;

Elle est comtesse ou bien marquise
Et son regard est enjôleur ;
Elle est l'oiseau, nous l'oiseleur :
C'est tout une jeunesse en fleur.
Mais le temps fuit, et l'heure sonne,
Un autre amant vient et fredonne.
L'infidèle nous abandonne.
Allez ailleurs, ô pauvres fous !
Allez à d'autres rendez-vous
Cueillir des sourires plus doux.
Allez, que votre cœur explore,
La rose ou bien la mandragore,
L'amour est comme un météore,
Il vole sur l'aile du temps,
Et n'apparaît quelques instants
Qu'à l'ouverture des printemps.

Ainsi l'existence s'écoule.
Toujours le tangage et la houle !
Toujours le rêve qui s'écroule !
Toujours reprenant son essor
Notre chimère aux cheveux d'or
Hélas ! qui disparaît encor !
Toujours sur la rive joyeuse,
Toujours le gouffre qui se creuse !
Une force vertigineuse
Nous entraîne vers le torrent.
Homme va donc ! pauvre être errant !

Tu laisseras dans le courant
Tomber ta dernière espérance,
Car l'éternelle décevance
Préside en reine à ta naissance
Et dans la toile ou le satin,
Te fait, triste sœur du destin,
Pleurer dès le premier matin.

LE DÉSESPOIR

VIVRE désespéré : c'est au fond de son être,
Ouïr le grondement des colères de Dieu !
C'est craindre le destin où notre âme est en jeu
Dans l'immense partie, où chacun dit : peut-être.

Vivre désespéré : c'est envier le sort
Du pauvre fou qui va sans rien voir de ce monde.
C'est avoir pour pensée un Océan qui gronde,
Et roule son destin vers un sinistre port.

Être désespéré : c'est désirer enfin
Abandonner la vie, et quitter cette terre ;
C'est cesser d'adorer la céleste lumière ;
De vide et de néant, c'est avoir soif et faim.

L'homme qui t'a connu, frère aîné du suicide
O désespoir maudit ! l'homme qui t'a connu,

Aime à voir le poignard jouer sur son sein nu,
Sa prunelle est ternie, et sa face est livide.

Que peut lui faire alors le rire du printemps,
Les oiseaux du ciel clair, et l'amour qui frissonne !
Que lui font un baptême, une mort que l'on sonne,
Richesse ou pauvreté, d'avoir vingt ou cent ans !

O ténébreuses nuits ! Quand la désespérance,
Malgré la volonté qui lutte mais en vain,
Nous courbe sous le joug de son sceptre d'airain,
Il ne nous reste rien : Si ce n'est la souffrance.

LA COLÈRE

QUAND la colère éclate et parle en souveraine,
Les meilleurs sentiments le cèdent à la haine,
Et le sang surchauffé circule dans la veine
Comme un fleuve de lave échappé du volcan.
L'amour et l'amitié reculent d'épouvante,
Et la douce pitié tristement se lamente,
La prière, à genoux, pleure dans la tourmente,
Et le chêne se brise au choc de l'ouragan.

Et le meurtre apparaît, nimbé de gloires rouges,
Il sort, quand vient la nuit, des antres et des bouges,
Escorté de chacals, de vampires, de gouges,
La raison disparaît dans un affolement,
Et les yeux égarés roulent dans leurs orbites
Tels des globes de feu. Ce sont là les limites
Que l'âme ne franchit que par bonds insolites
Pour s'arrêter ensuite avec effarement.

C'est alors que les mains saisissent les cognées,
Que sortent les poignards avides des saignées,
Qu'on trouve de la chair à toutes les poignées,
C'est alors que l'on voit, de tous côtés, surgir
Les crimes inouïs dont tressaille la terre,
C'est alors que l'on voit le fils tuer le père,
Et le frère dans l'ombre assassiner le frère.
Qui donc peut empêcher le tigre de rugir !

La colère, ô mon Dieu ! Dans son humeur jalouse,
L'époux égorgera son innocente épouse,
Et le sang coulera sur la verte pelouse ;
L'enfant sera jeté pantelant sur le sol.
Rien ne peut arrêter le torrent prêt à sourdre,
C'est l'affreux tourbillon, c'est l'éclair, c'est la foudre,
C'est le moulin que rien n'empêchera de moudre,
L'aigle qui tient sa proie, et qui reprend son vol.

La colère est terrible, implacable, féroce.
C'est un fléau du Ciel, une démence atroce ;
L'avalanche qui roule, effroyable colosse,
Portant le deuil, la mort, les larmes et les pleurs.
Elle n'a de respect pour nulle chose au monde,
Ni pour la vierge, ni pour la mère féconde ;
Elle va son chemin, force aveugle qui gronde,
Semant les désespoirs sur le champ des douleurs.

Elle peut animer la foule tout entière,
Obligeant les humains, rangés sous sa bannière,

A déchaîner le monstre horrible de la guerre,
Qui passe en tournoyant sur son cheval de fer.
Elle peut tout briser, dans son élan farouche,
Et la flamme qui sort de sa brûlante bouche
Allumer dans la nuit l'exécrable cartouche,
Dont le baiser de mort fait ricaner l'Enfer.

EN CONTEMPLANT LE CIEL
JE SONGE A TOUT CELA...

LE jour baisse, et déjà les coursiers du soleil
Portent vers le couchant son beau globe vermeil.
C'est le soir qui descend lentement sur le monde,
Couvrant de son manteau le ciel, la terre et l'onde ;
Moment mystérieux dont le charme indécis,
Flotte sur chaque chose en désirs imprécis :
C'est l'immense douceur du pâle crépuscule,
Tandis qu'au firmament dans le jour qui recule,
De Vénus apparaît au regard du chercheur
Tel un pur diamant l'éclatante blancheur.

Planète de l'amour dont j'aime la lumière,
Toi, qui sur l'horizon, t'élève la première,
Parmi les astres d'or dont se peuple la nuit,
Dans l'assoupissement universel du bruit,
Vers toi, sœur de la terre, en cette heure apaisée,
Je laisse s'envoler ma tremblante pensée...

Mais l'ombre s'épaissit, le dôme illimité
Que la voûte des cieux fait sur l'immensité,
S'illumine soudain de ses billions d'étoiles,
Joyaux étincelants de nos soirs aux longe voiles !

Et mon rêve se perd bientôt dans les sillons,
Que tracent, dans les cieux, les constellations.
Je me sens tout petit, insecte qui palpite,
Au bout du fil sans fin que le destin agite.
Passé, présent, futur, n'existent plus pour moi ;
C'est l'incompréhensible, et l'indicible émoi,
C'est l'infini qui parle à ma pauvre cervelle ;
C'est la création qui chante et qui m'appelle,
Qui m'attire et qui prend mon cœur et ma raison,
Pour l'emporter bien haut parmi la floraison
De tout ce qui flamboie, et brille dans l'espace,
Mondes tourbillonnants, dont mes yeux voient la place,
Tandis que mon esprit, immobile toujours,
Pense : Ne sont-ils pas les éternels séjours,
Où les âmes s'en vont en quittant cette terre
Attendre la fin des siècles dans leur mystère ?

Dans chaque astre, peut-être, au sein du firmament,
Une âme existe, et vit dans son rayonnement,
Gardant le souvenir de la prison charnelle ;
Dont la mort délivra sa nature immortelle.
Une âme, qui jadis, sur ce monde opprimé,
A, comme nous, vécu, vibré, souffert, aimé,

Puis, qui s'est envolée, invisible sur l'aile
De quelque ange de Dieu, plus invisible qu'elle !
En contemplant le Ciel, je songe à tout cela,
Et c'est un hymne saint, et c'est un hosanna
Qui monte de mon cœur vers les pures étoiles,
Et voici qu'à moi-même, ô mon cœur tu dévoiles
Des secrets qu'ignoraient mon scepticisme amer ;
Un cœur d'homme peut être aussi grand que la mer,
Et, comme elle, ignorer, parfois, ce qu'il renferme :
Ici, c'est une pieuvre et, plus loin, c'est le germe
Enfanté par la vague, et dont le lent travail
Façonne, tour à tour, la perle et le corail.

. . . .

La pieuvre de mon cœur, c'est le doute qui ronge,
Le doute, qui partout, nous montre le mensonge
Et qui met un manteau devant la vérité,
Afin d'en mieux cacher la chaste nudité.
La pieuvre de mon cœur, c'est le dégoût du monde
Et ce dégoût provient, ô terre vagabonde,
De ce que j'ai trop vu la triste humanité
Et de ce que j'en sais toute l'indignité.
Où rencontrer l'honneur ? où trouver la justice ?
Le nouveau-né, déjà, veut mordre sa nourrice,
L'enfant jette une pierre à l'oiseau du chemin,
Et le meilleur de nous, de tout le genre humain,
A sûrement commis durant son existence
Quelque louche action qui charge sa conscience.
La pieuvre de mon cœur, c'est l'angoisse sans nom,

Que provoque le rire infernal du démon,
Quand il va, déchaînant, sur sa route dans l'ombre,
Et les iniquités, et les vices sans nombre.
La pieuvre de mon cœur, c'est le meurtre odieux,
C'est l'horrible poison dans le vin généreux,
C'est le lit de l'époux flétri par l'adultère,
C'est la haine, le fiel, la vengeance, la guerre ;
C'est la délation. La pieuvre de mon cœur,
C'est le frisson glacé de la tremblante peur,
Et c'est l'hypocrisie exécrable et servile,
Et c'est la jalousie et ses mille tourments ;
Et c'est l'atrocité des verdicts infamants.
La pieuvre de mon cœur, mais, c'est l'ingratitude,
Le blasphème insolent, l'infâme turpitude,
La pieuvre de mon cœur, c'est surtout le remords,
O mon cœur ! il te serre, il t'étreint, tu te tords
Entre les nœuds de ses longs bras inexorables
Aux tentacules, dont les bouches effroyables,
Sans relâche jamais, en épuisent le sang,
Comme les feux du Ciel, boivent l'eau d'un étang.
. . . .
Le germe de mon cœur, dont la fleur veut éclore,
C'est la verte espérance au sourire d'aurore ;
C'est l'espoir de revivre en un monde meilleur
Où, jamais, de nos yeux, ne couleront un pleur,
Dans un monde, où toujours l'archange de la joie
Nous prenant dans les plis de sa robe de soie,
Sans trêve bercera notre félicité.

Le germe de mon cœur, c'est la sérénité,
Le germe de mon cœur, c'est l'idéal des choses
Que voient les papillons en jouant sur les roses,
Quand le printemps s'éveille aux caresses du jour,
Et que les nids joyeux en chantent le retour.
Le germe de mon cœur, c'est, sur ce monde instable,
La divine bonté, déesse impérissable,
Avec ses blanches sœurs : clémence et charité.
Le germe de mon cœur, c'est la fraternité,
C'est le beau, c'est le bien, c'est la source d'eau pure
Où Diane se baigne en quittant sa parure,
Symbole de vertu, symbole de pudeur,
Qui, depuis trois mille ans, a gardé sa splendeur.
Le germe de mon cœur ; ô merveille céleste !
C'est tout ce qui de Dieu, paraît être le geste :
C'est la noble, la grande et sainte liberté
Dont nos fronts découverts saluent la majesté !
On a beau la frapper, lui meurtrir la poitrine,
La courber sous le joug, et lui briser l'échine,
La flétrir, la souiller ; l'infâme dictateur
A beau mettre sur elle un pied profanateur,
Toujours elle finit, rayonnante de gloire,
Par sonner le clairon géant de la victoire.
Le germe de mon cœur, muse au rythme léger !
Chère Muse, qui vient près de moi partager
Mes ennuis, me parlant une langue choisie ;
C'est la resplendissante et fraîche poésie.
Le germe de mon cœur, quel que soit mon destin

C'est la croyance en Dieu dont j'ai gardé l'instinct.
C'est de sentir vraiment, ô larves que nous sommes !
Que l'immortalité fut faite pour les hommes.
Le germe de mon cœur, c'est avant tout l'amour,
Non, cet amour cruel, qui veille au carrefour,
Et tel, un malfaiteur, nous saisit à la gorge,
Non, ce sauvage amour, dont le poignard égorge,
Mais, l'amour juste et doux, l'amour étincelant,
Dont la lèvre enfantine a le mot consolant ;
L'amour qui, dans la main, ne garde d'autres armes
Qu'une écharpe d'azur pour essuyer nos larmes,
Et, qui, lorsqu'il s'envole et se perd dans les fleurs,
Nous jette des baisers pour guérir nos douleurs !

LA VIE ET LA MORT

LA souffrance est la loi ; mourir est le destin,
Toute chose ici-bas doit avoir une fin.
Hélas ! lorsque la mort en longue robe noire,
Tenant dans ses deux mains la faux expiatoire,
Entr'ouvre lentement les portes du cercueil,
Le Ciel paraît si sombre et si rempli de deuil,
Que l'âme la plus ferme en est toute navrée ;
Car, sans secours aucun, elle se sent livrée
A l'implacable dieu qui nous juge d'en haut,
Lui, qui fit de ce monde un immense tombeau,
Où, sans rémission, tout homme doit descendre.

Mère, lorsque ton fils commence à se suspendre
A ta riche mamelle au doux lait nourrissant,
Tu fais des langes blancs pour ton petit enfant !
Mère, tu ferais mieux de broder son suaire !
Regarde ! Autour de toi, tout n'est rien qu'ossuaire,
La naissance et la mort se tiennent par la main,
Elles vont toutes deux par le même chemin.

ELLES

DES femmes je suis le jouet
Et le volant de leur raquette.
Elles me prennent pour hochet,
Elles me font perdre la tête.

Il en est qui me font pleurer,
D'autres qui me versent la joie.
Je ne sais que les adorer
Et de toutes je suis la proie.

Heureux encore est mon destin.
Amusez-vous, mes toutes belles·
J'aime vos lèvres de satin
Et mourrai pour un baiser d'elles.

REMEMBRANCE

E n'ai pas oublié, belle que j'aime encore,
   Quelle roseur colore
  Le soir après le bal, ton visage engageant;
Je n'ai pas oublié ton sourire d'argent,
   Ton chant clair et sonore
Et ton œil à la fois si doux et si changeant.

Je n'ai pas oublié! Mais, toi, femme frivole,
   Qui toujours court et vole,
Recherchant le plaisir et son enivrement :
Te souvient-il parfois de ton premier amant,
   Et du soir bénévole,
Où, de l'aimer toujours tu lui fis le serment ?

A PAULINE

ous êtes un doux bengali,
    Votre robe est en bengaline,
    Tout en vous est riant et joli,
Tout en vous est charmant : Pauline.

L'émail ruisselant de vos dents
Brisant la noisette aveline,
Tisse une dentelle au-dedans
De vos lèvres roses : Pauline.

Vos yeux limpides comme un ciel
Brillent d'une lueur divine,
Vous avez ce charme essentiel
Qu'on nomme la candeur : Pauline.

Votre rire est un rire doré,
C'est un frais rire qui lutine,
De chacun il est adoré,
Votre rire d'enfant : Pauline.

Ainsi que des rayons bouclés
De vos cheveux la soie est fine
Vous avez des trousseaux de clés,
Pour ouvrir les cœurs : ô Pauline

Vous êtes un doux bengali,
Votre robe est en bengaline,
Tout en vous est riant et joli,
Tout en vous est charmant : Pauline.

COMPARAISON

JADIS, j'ai vu les filles d'Arles
   Aux yeux si profonds et si noirs.
   O femme! lorsque tu me parles,
Dans le frémissement des soirs
Je préfère tes yeux d'opale :
Et quand tu quittes ta sandale,
J'aime bien mieux, j'aime bien mieux,
   Ton petit pied si gracieux.

Jadis j'ai vu les filles d'Arles
Avec leurs lèvres de carmin.
Je préfère quand tu me parles
Tes douces lèvres de jasmin ;
Et lorsque tu te déshabilles,
Je trouve cent fois plus gentilles
Les richesses, que trop discret,
Voulait me cacher ton corset.

STROPHES

JE peux pleurer, je peux souffrir, je peux mourir,
Les larmes, la douleur, les ténèbres, la tombe,
Ne parviendront jamais, ô ma douce colombe !
A me faire oublier ton divin souvenir.

La vie est peu de chose : un souffle qui s'envole
Et qu'un songe retient par un léger fil d'or ;
C'est le baiser d'amour qui se pose et console,
Puis qui reprend vers Dieu son éternel essor.

Baiser d'amour charmant, ta caresse se joue
Comme un rayon d'azur sur le miroir des eaux,
De la lèvre de rose au duvet de la joue,
Et ton rythme est celui des nids dans les roseaux.

Il s'est posé sur nous, ô ma douce colombe,
Je peux pleurer, je peux souffrir, je peux mourir,
Les larmes, la douleur, les ténèbres, la tombe,
Ne m'ôteront jamais ton divin souvenir.

STROPHES

FEMME, vous avez tout pour charmer un mortel.
Vous êtes belle et gaie, exquise et sémillante,
Votre jeunesse croît comme une fleur brillante
Et l'on doit vous aimer d'un amour éternel.

Mais, hélas ! pourquoi donc, alors que l'on vous aime,
Rebuter les amants pressés autour de vous ?
Pourquoi de vos faveurs, lorsqu'ils sont tous jaloux !
Garder votre beauté seulement pour vous-mêmes ?

Laissez-vous adorer, sans crainte et sans détour,
Oh ! laissez-vous guider par votre cœur, mignonne,
Et que ce soit la nuit, ou que ce soit le jour,
Oh ! livrez aux baisers votre exquise personne !

CÉLIBAT

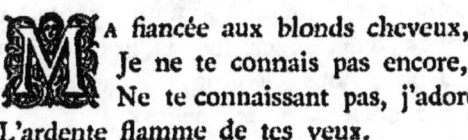A fiancée aux blonds cheveux,
Je ne te connais pas encore,
Ne te connaissant pas, j'adore
L'ardente flamme de tes yeux.

Oh ! si je viens à te connaître,
Qui sait si j'aimerais encor
De tes yeux, le feu qui pénètre
De tes cheveux, les tresses d'or ?

C'est pour cela que je préfère
Conserver ce rêve d'amour.
Et demeurer célibataire
Ainsi, jusqu'à mon dernier jour.

LIBERTÉ

LORSQUE nous demandons comme une chose sainte
  A grands coups de clairon, la grande liberté,
  Quand nous nous révoltons contre toute contrainte,
Pourquoi faire aux amants, jurer fidélité ?

Quelle aberration de sinistre sectaire
Nous oblige à vouloir : *ô lumière du jour !*
Cette chose qui fait frémir toute la terre,
Mettre une chaîne au cœur, réglementer l'amour ?

Nous nous aimons, d'accord, et le ciel est tout rose,
Mais, pourquoi ce toujours inamovible et lent,
Posé comme un scellé, sur cette belle chose :
L'amour, cher papillon, d'azur étincelant,

Mais dont l'aile de gaze est un tissu fragile,
Que tache, en la mouillant, la goutte d'eau d'un pleur ?
Oh ! ne l'épinglez pas ! Que son désir mobile
Soit le seul à guider son vol de fleur en fleur !

PUISSANCE DE L'AMOUR

Si tu voulais m'aimer, femme, pour te couvrir
D'or et de diamants, je saurais découvrir
La caverne enchantée, où pour plaire aux sultanes,
Les sultans d'autrefois, par lourdes caravanes,
Envoyaient, protégés de quelque talisman,
Des esclaves, chercher sous le sol ottoman,
Les éclatants soleils d'un monde d'escarboucles
Dont elles constellaient chacune de leurs boucles !

Si tu voulais m'aimer, femme, pour te prouver
L'empire de l'amour, je saurais retrouver
La source merveilleuse où, jadis, les amantes
Pour se rendre à jamais splendides et charmantes,
Allaient tremper la nuit leur corps marmoréen.
Je saurais retrouver la porte de l'Éden !
Si tu voulais cueillir un seul myrthe à Cythère ;
Je saurais t'apporter le ciel sur cette terre !

PARTAGE

BELLE fantasque et mijaurée,
   Ton âme est la chose ajourée,
   Où, malgré tes rires pervers,
La mienne glisse au travers.

Telle que te voilà, je t'aime.
Que me fait ta perversion?
Va ! je t'adore tout de même,
L'amour est fait de trahison.

C'est la trahison éternelle,
Et puisque je te trouve belle,
J'ai bien le droit, ma blanche enfant,
D'être épris de ton corps charmant.

. . . .
. . . .
. . . .
. . . .

MASQUEZ VOS GRIFFES

Un baiser, chère chatte.
De velours fais-moi patte,
Car patte de velours
Est légère aux amours.

GLISSEZ MORTELS...

A l'amour éternel ; quel amant peut y croire ?
Une idylle d'un jour, une naïve histoire,
Un heureux souvenir captif au fond du cœur
Fait d'une volupté, d'un rayon et d'un pleur,
Qui petit à petit s'estompe et puis qui passe,
Car le temps qui s'envole, à chaque heure l'efface,
L'amour, ce n'est que ça, mais c'est bien assez rose,
Sans vouloir demander qu'il nous donne autre chose.
Tout glisse sur la terre emporté par le vent ;
L'amour comme le reste est fragile et mouvant.
Cela n'empêche pas d'adorer un sourire,
Cela n'empêche pas une heure de délire,
Cela n'empêche pas de cueillir une fleur,
Et, sous l'ardent baiser, de crier de bonheur.
Demandons à l'amour une charmante page,
Ainsi que les oiseaux le font dans le bocage,
Et laissons-nous bercer par le jour qui nous fuit,
Comme l'aurore fait, sans songer à la nuit.

DÉCLARATION

A Madame de F...

ERTES, si j'étais moine,
Et que j'eusse un cochon
Et si le nom d'Antoine,
Femme, était mon prénom,

Et si je l'imagine,
Merveilleuse beauté,
Toi-même, en vérité,
T'appelais Proserpine :

Va ! je succomberais,
Tu peux en être sûre,
Riante créature,
A tes charmants attraits.

SONNET

DEPUIS combien de temps, femme, est-ce que je t'aime ?
Oh ! je ne compte plus mes longs jours de bonheur ;
Tel est un prince heureux du royal diadème,
Mais mon empire à moi, mignonne, c'est ton cœur.

Chaque jour tu reçois, ô pâle chrysanthème,
L'essaim de mes baisers, comme un frisson de fleur !
Et je goutte, par toi, la volupté que sème
Dans la pulpe des lys, le pollen enchanteur.

Depuis combien de temps, est-ce que cela dure ?
Va ! je t'adore trop, chère, je te l'assure,
Pour compter la poussière au sablier des jours.

Je laisse lentement s'égrener nos amours.
Quand viendra le regret du passé que l'on pleure,
Ma vieillesse croira n'avoir aimé qu'une heure.

ESQUISSE

POUR dire comme elle est jolie,
Pour chanter ce divin trésor,
Il me faudrait, de la Folie,
Les joyeuses clochettes d'or.

Clochettes d'or, grelots sonores,
Portez, sur l'aile des zéphirs,
A cette fille des aurores
L'agenouillement des désirs !

Clochettes d'or, de par le monde,
Carillonnez pour sa beauté,
Carillonnez donc à la ronde
Pour saluer sa pureté !

Est-ce une femme ou bien un ange ?
C'est quelque chose de charmant :
C'est la grâce de la mésange,
C'est le baiser du firmament,

C'est la candeur exquise et tendre
Que l'on ose à peine approcher,
C'est la relique qu'on veut prendre,
Mais que l'on tremble de toucher.

C'est un beau germe de jeunesse
Dont nous verrons la fleur s'ouvrir,
Et qui n'attend qu'une caresse,
Pour croître et pour s'épanouir.

Oh! donnez-lui cette rosée
Et vous cueillerez le bonheur
A la source fleurdelisée
De tout ce qu'elle a d'enjôleur !

SI CE N'ÉTAIT PAS TOI

SI ce n'était pas toi, va, ce serait une autre
Femme que j'aimerais avec la passion
Que le disciple met à vénérer l'apôtre,
Le soldat le drapeau, la fleur le papillon.

A tout homme qui vibre il faut la créature,
Qui sache partager sa peine ou ses plaisirs.
Les pollens ignorés ont de secrets désirs.
Mais combien en est-il, ô splendide nature!

Capables de répondre aux appels étouffés
De nos sens énervés qui clament la luxure?
Je t'adore, c'est vrai, mais c'est par aventure;
Il faut que nos soupirs latents soient paraphés

Par le baiser qui passe en l'atmosphère chaude;
Mais il n'importe guère au destin, vieux rêveur,
Que ce soit ce baiser ou tel baiser qui rôde
Et qui tombe au hasard en exquise faveur.

Tout amour, vois-tu bien, jaillit d'une rencontre.
Je t'aime, chère belle, avec ravissement,
Mais, si je ne t'aimais pas, je chérirais par contre,
L'amante, qui tiendrait ta place en ce moment.

STROPHES

LORSQUE sur votre cou tombent vos blonds cheveux,
Ces longs cheveux si fins et plus doux que la soie,
Et que par le sourire étoilé de vos yeux
Mon cœur est caressé d'une ineffable joie ;

Votre charmant visage a sous ses cheveux d'or
Quelque chose de clair, de pur et de limpide ;
Vous tenez de l'enfant et de la néréide,
Chacun de vos baisers doit valoir un trésor.

Mais de ces chers baisers que vous êtes avare !
Ce n'est pas tout, hélas ! à l'heure du coucher,
De montrer aux humains comme une chose rare
Ces nattes où l'abeille aurait aimé rucher.

Ce n'est pas tout, non plus, de laisser voir des lèvres,
Dont l'éclat a parfois, comme une aile d'ibis,
Des roseurs de corail, des clartés de rubis,
Et vos dents, ces bijoux que n'ont pas les orfèvres.

Il faut que cette bouche accueille le baiser
Et murmure la nuit des mots riches d'ivresses,
Il faut que cette bouche accueille les caresses,
Il faut que mon amour parvienne à t'embraser !

STROPHES

Je viens de te tromper, femme pourtant que j'aime !
Que j'aime éperdument, et pour laquelle, ô Dieu !
Je donnerais ma vie et braverais le feu.
Chère femme ! Je viens de te tromper quand même !

Or, il ne faudrait pas, mignonne, m'en vouloir,
Car mon cœur en ceci n'y fut pas pour grand'chose.
J'ai pu sans réfléchir, pour cueillir une rose,
Me baisser un moment, la respirer un soir ;

Mais, c'est toi mon printemps, mais c'est toi ma jeunesse,
Et je n'ai succombé qu'au désir du moment ;
Au désir de la chair qui pousse obscurément
L'homme au rut bestial, la femme à la faiblesse.

Toi ! Lorsque je caresse et baise ton beau corps,
Mon âme tout entière et se livre et se donne.
Eros est avec nous et c'est lui qui fredonne
L'éternelle chanson des éternels essors.

Vois-tu, l'amour, n'est pas l'acte simple et brutal.
Si ce n'était que ça, femme, tu peux m'en croire
On n'en parlerait pas. L'amour, c'est la victoire
De l'esprit sur l'instinct. L'amour c'est l'idéal,

Qui sourit à la nuit, lorsque paraît Diane,
Qui sourit au matin, quand le premier rayon,
De la naissante aurore, apporte au papillon
L'azur étincelant de son aile diaphane.

L'amour c'est la bonté, l'amour c'est la grandeur,
Qui régénère ainsi son rite qui nous grise,
Comme la foi renaît sur le seuil de l'église
Et nous met à genoux auprès de sa splendeur.

Exquise poésie! Union de deux âmes,
Chaque humain la rencontre en sa vie, une fois,
Et de force ou de gré se soumet à ses lois
Comme un esquif léger obéissant aux rames!

Enfant, qu'importe alors le caprice d'un jour,
Enfant, qu'importe alors l'oubli d'une minute!
Non! cela ne vaut pas l'ombre d'une dispute,
Puisque je te conserve entier tout mon amour.

STROPHES

COUTUMES D'ENFER

Qu'IMPORTE la femme qu'on aime !
Le tout n'est-il pas de l'aimer !
C'est la condition suprême
Et pourquoi lors ! s'en alarmer !

Je sais qu'à l'époque où nous sommes,
Siècle d'airain, siècle de fer,
Dieu permet, pour punir les hommes,
De noires coutumes d'enfer.

Pour qu'un amour soit bon et juste,
Ne faut-il pas qu'il soit admis,
Comme un veston que l'on ajuste,
Par la famille et les amis ?

Amour est article du code,
Comme sirop l'est du codex;
Hors, le mariage à la mode,
Tout autre hymen est à l'index.

Qu'importe, si la première aube
Change en pleurs les premiers baisers!
C'est à devenir hydrophobe,
Mais les contrats sont bien posés!

Pour Dieu! sans souci des coutumes,
Laissez donc les couples s'unir;
Sous les soleils ou sous les brumes
Laissez-les rire à l'avenir!

Laissez-les! Et bientôt sur terre
En tout bien comme en tout honneur,
Telles les roses d'un parterre,
S'épanouira le bonheur!

E SEMPRE BENE

'EST-CE pas que ton cœur, ô mon amante, est pur ?
N'est-ce pas que ton âme est faite de l'azur
D'un ciel limpide et doux ? Ta beauté, ta jeunesse
Cherchaient innocemment l'amour et la caresse.
Mon baiser qui passait désirant se poser
A travers l'infini sut trouver ton baiser.

Le désir, qui, toujours sur cette terre rôde,
A voulu cette chose. Et, sans souci du code,
Et sans souci des lois dont la triste froideur,
Semble mettre un linceul aux ivresses du cœur,
Nous nous sommes aimés d'une façon charmante.
Je devins ton amant. Tu devins mon amante.

Désormais, pourrions-nous vivre séparés ?
Nos beaux rêves à deux sont vraiment trop dorés.
Nous tenons le bonheur, et ce serait folie

D'aller lui préférer par quelque anomalie
Son ombre insaisissable auprès d'autres amours.
Puisque les jours sont beaux, femme, rions aux jours.

Soyons heureux, ma chère, et laissons l'existence
Souffler dans nos cheveux le rythme et la romance ;
Laissons de notre cœur les perles s'égrener,
Sans perdre notre temps à les examiner
Aux verres enfumés des préjugés moroses.
Cueillons, cueillons gaiement les lilas et les roses.

UN PEU LIBERTIN

Au sortir de tes bras, Morphée!
J'attends voluptueusement
Le baiser de la chère fée
Qui dort encore en ce moment.

Toujours je m'éveille avant elle,
Car j'adore la voir ainsi.
Comme une œuvre d'art, elle est belle:
C'est un Léonard de Vinci.

Mais le portrait bientôt s'anime
Et le sang circule vermeil,
Sa douce caresse m'exprime
Qu'amour préside à son réveil.

Or, cet amour, si frais, si rose,
C'est vraiment l'amour du matin ;
Il rit sous la chemise close
D'un joli rire libertin.

Et moi, je vais à sa recherche.
C'est en vain qu'il veut me tricher,
Car la mignonne tient la perche
Qui me sert à le dénicher

JUPONS

UPONS! jolis jupons!
Sans faire de façons,
Écartez vos festons,
Soulevez vos dentelles
Qui viennent sans raisons,
Cacher ces pieds mignons,
Ces mollets blancs et ronds,
Ces chevilles si belles.

Jupons! jolis jupons!
Satins, soies ou linons!
Faites moins de façons
Pourquoi celer des choses
Si fraîches et si roses,
Cacher ces pieds mignons.
Ces mollets blancs et ronds,
Ces chevilles encloses?

Rendez-vous, beaux jupons,
A nos jeunes requêtes.
Pour voir ces pieds mignons,
Ces mollets blancs et ronds,
Ces chevilles parfaites,
Nous ne vous demandons
Satins, soies ou linons!
Que des choses discrètes.

Non pas, jolis jupons,
Que nous ne voudrions
Voir d'autres horizons!
Mais, pour ces blancheurs roses
Loin de nos yeux écloses,
Vous dire beaux jupons:
Ouvrez-vous sans façons,
Vraiment, nous ne l'osons!

STROPHES

Je viens de vous surprendre au bras d'un autre amant.
Mais pourquoi donc trembler, ainsi je vous demande ?
Puis-je vous en vouloir, si vous êtes gourmande
Et s'il vous plaît d'aimer l'amour éperdument !

La femme doit aimer, c'est son unique rôle,
Et plus le nombre est grand de ceux que chaque jour,
Elle vient convier au doux festin d'amour,
Plus il faut l'adorer et s'en faire une idole.

On n'aime jamais trop sur ce monde d'airain !
Madame, qui vous force à n'aimer qu'un seul homme
Et d'une œuvre complète, à ne lire qu'un tome,
Ou réduire un poème aux bornes d'un quatrain ?

Oh ! plus vous aimerez, plus vous serez heureuse !
Car vous ferez ainsi, sans cesse, des heureux ;
Et c'est le vrai plaisir des êtres généreux.
Soyez donc largement, sans scrupule, amoureuse :

Jetez votre baiser, comme un riche son or,
Aux nombreux mendiants qui vont la tête basse,
Il ne faut pas qu'un seul se baisse et le ramasse,
Mais qu'on leur distribue entre tous ce trésor !

JE VOUDRAIS TE MAUDIRE

JE voudrais te maudire,
    O femme au doux sourire
    Mais au cœur de porphyre :
Je ne puis que t'aimer !
Je voudrais te proscrire
De mon cœur en délire,
Mais trop belle est la lyre
Dont tu sais me charmer !

En toi, tout est mensonge !
Mais, ton charme me plonge
Dans l'extase et le songe,
Je ne puis que chanter !
C'est en vain que je souffre ;
Je me brûle à ton souffle ;
Que m'importe le gouffre !
Tu sais trop m'enchanter.

Tu n'es que fourberie,
Mais ta chair est pétrie,
Des fleurs de la prairie.
Je veux te respirer !
Devant toi, chère idole,
Ma volonté frivole
Comme un duvet s'envole,
Il me faut t'adorer !

Tu vis dans la débauche ;
Pourtant quand je t'approche
Je sens sous mon sein gauche,
Mon cœur vibrer d'amour.
Et j'arrive timide,
Boire à ta lèvre humide,
L'adorable suicide,
Dont je meurs chaque jour.

Va ! c'est ma destinée,
Sur ta gorge damnée,
O splendide Phrynée,
De venir me pâmer !
Je voudrais te maudire
O femme, au doux sourire,
Mais au cœur de porphyre :
Je ne puis que t'aimer !

RECHERCHE

JE veux courir le monde,
   Et sur la boule ronde,
   Comme on cherche sous l'onde
La perle d'Orient,
Je veux chercher sans trêve
L'idéal de mon rêve :
L'exquise fille d'Ève
Au visage riant !

Je veux sur la planète,
(Jour de deuil, jour de fête)
Ne reposer ma tête
Jamais en même lieu !
Je veux chercher sans cesse,
La jeune enchanteresse,
Qu'un jour pour ma caresse,
Naguère créa Dieu !

Je veux sur cette terre,
Comme un coléoptère,
Dans l'ombre et le mystère,
Goûter à chaque fleur ;
Et ne poser mon aile
Que lorsque la plus belle,
Rose, lys ou bien presle,
Aura charmé mon cœur !

Oui, je veux sur ce globe,
Où l'amour se dérobe,
Dans les plis d'une robe,
Qui le voile à nos yeux :
Dans une course folle
Arracher son étole
Et découvrir l'idole,
L'idole de mes vœux !

Je m'en vais sur la route,
Et rien je ne redoute,
Car je n'ai point de doute,
Je la rencontrerai.
Dans quel endroit ? qu'importe ?
Ouvrez-moi cette porte,
Car l'espoir que j'emporte,
Ici m'accablerai.

Ce sera la merveille,
Qu'un rayon ensoleille,
Je cours après l'abeille,
Je cours après le miel.
Allons! faites-moi place.
Que j'affronte l'espace,
Il faut bien que je passe,
Je cours après le ciel !

STROPHES

L'IDYLLE

Un regard, un soupir, et l'idylle naissante,
Doucement est venue, en brise caressante,
Bercer notre beau rêve au murmure clément
Des baisers, dont la source est toujours jaillissante,
Puisque c'est à l'amour, ô belle adolescente!
Qu'elle doit de couler pour notre enivrement.

Un sourire, un baiser, l'idylle florissante,
Brille sur notre vie en larme éblouissante.
La blonde volupté, ses beaux bras se fermant,
Ouvre les portes d'or d'extase frémissantes;
Et les matins heureux, d'aubes resplendissantes,
S'éteignent en des soirs d'épanouissement.

De longs cris de plaisir. L'idylle incandescente!
Porte notre bonheur dans la sphère croissante,
Du paroxysme humain jusqu'à l'effarement.
Pour troubler notre ardeur, notre fièvre inconsciente,
La foudre, j'en suis sûr, resterait impuissante,
Ne peut-on pas mourir dans un enlacement?

Puis une larme, un pleur, l'idylle décroissante,
S'envole un beau matin vers l'aube opalescente.
Nous la suivons des yeux l'espace d'un moment.
Mais elle disparaît, lumière languissante,
Mais elle disparaît, ô belle adolescente !
Comme une étoile d'or au fond du firmament.

REGRETS

OMME on voit aux confins de la mer le soleil
Descendre lentement, attiré par les vagues,
De même l'on peut voir mes espérances vagues
Disparaître emportant mon rêve de vermeil.

Le regret, ce poignard si terrible de l'âme,
Qui, plus que le remords, nous ôte lentement
Le doux plaisir de vivre, et dont la triste lame
Effeuille notre moi jusqu'à l'épuisement.

Le regret me torture et ma vie est finie :
Elle est morte emportant mes germes de bonheur ;
Elle est morte emportant ma force et mon génie,
Et je meurs à mon tour, puisqu'est morte une fleur.

SONNET

PRIÈRE A UNE MORTE

Si ton âme est partie au bleu séjour des anges,
Si ta paupière est close à jamais, noble enfant,
Si la terre a repris ton corps pour le néant,
Si tu vis dans le chœur des célestes phalanges,

Si pour toi de secrets n'a plus le firmament,
Si tu goûtes là-haut des bonheurs sans mélanges,
Songe que sur ce globe aux tristesses étranges
Tu fis verser des pleurs, mignonne, en t'en allant.

Implore le Seigneur qu'il m'accorde la grâce
De m'élancer vers toi, sur l'aile de la mort ;
Le ciel est assez grand pour que j'y trouve place !

La vie est trop amère, et trop cruel le sort ;
Si ton âme est partie appelle à toi mon âme,
Ne me laisse pas seul, je t'en supplie : ô femme !

A NOS MÈRES

Au doux enfant qui vient de naître
Il semble, qu'en lui donnant l'être,
Le Dieu qu'on bénit dans le ciel,
Ait refusé l'essentiel
Pour vivre et pour lutter : La force.
L'enfant ne peut se soutenir.
Ses jambes, au poids de son torse,
Fléchissent. En vain, pour tenir,
Veut-il joindre ses mains trop frêles.
Il est comme les vertes presles,
Qui croissent dans les prés.
Un rien peut enrayer son existence ;
Mais le Seigneur clément sait bien
Que le pauvre être sans défense,
Malgré sa faiblesse, vivra,
Car en naissant il lui donna,
Pour qu'il puisse durer sur terre,
L'ineffable amour d'une mère,

SONNET

Des amours, j'ai connu, décevance éternelle,
    Tout ce que la douleur nous permet de cueillir.
    J'ai flétri ma jeunesse aux lèvres d'une belle,
Mais hélas! je n'ai pu les faire tressaillir.

Puis, j'ai livré mon cœur à l'amante nouvelle ;
Or, celle-ci, le prit afin de le meurtrir.
Alors j'ai recherché, vingt ans, l'âme fidèle,
Sans jamais, sous le ciel, pouvoir la découvrir.

C'est la fin de la vie, et la fin de la course,
Et l'espoir est tari dont j'avais tant rêvé ;
Plus une goutte d'eau ne filtre de la source.

J'ai cherché le bonheur, et ne l'ai point trouvé :
Car mes beaux jours en fleurs aux brillantes corolles
Je les ai tous jetés aux perfides idoles.

MATURITÉ

ON âge, hélas! est mûr, ma vieillesse hâtive,
Regarde tristement l'éphémère passé
De ma jeunesse fugitive ;
Charme de mes vingt ans à jamais effacé.

Aujourd'hui je suis vieux comme le fruit qui tombe.
De mes rêves d'amour j'ai fait une hécatombe ;
Rêves charmants sans lendemain !
Et l'implacable temps me conduit par la main.

Je suis vieux et je laisse errer mon âme veule,
Sur mon destin qui fuit, et qui la laisse seule
Comme un esquif sur la mer,
Sans pilote jeté sur le grand flot amer.

Et mon cœur ne bat plus, horloge fatiguée,
Sous mon sein somnolent tristement reléguée
Comme un objet d'antiquité,
Dont le prix ne vaut plus que par la vétusté.

STROPHES

MADÈRE

OMadère! sept ans, un immense incendie,
Régénérant ton sol au prix de tes forêts,
A fait passer sa flamme aux farouches reflets,
Dans l'or de ce vieux vin, source chaude de vie.

Ce n'est donc pas pour rien, ô liqueur généreuse !
Ce n'est donc pas pour rien que tu remplis le cœur
D'une clarté si pure, et si victorieuse
Qu'il ne lui reste plus de place à la douleur.

Tour à tour qu'on remplisse et qu'on vide son verre !
Oh ! qu'on boive à longs traits le liquide enchanteur ;
Il fait passer en nous le ciel de l'équateur ;
C'est du soleil qu'on boit en buvant du madère !

SONNET

(MORIBOND)

A L'HÔPITAL D'ODESSA, 1906

LA mort, spectre odieux, se dresse devant moi.
O comment conjurer le sinistre fantôme !
O comment éluder l'inéluctable loi !
L'homme n'est devant Dieu qu'un minuscule atome.

La science est impuissante, ô mort ! ton baiser froid
A déjà sur mon front posé son noir symptôme.
Au livre de ma vie, en cette heure d'effroi,
Nulle force ne peut ajouter un seul tome.

L'inflexible destin l'ordonne : il faut mourir ;
Adieu, terre adorée, avec ton ciel d'étoiles ;
Adieu, joyeux printemps, belles nuits aux longs voiles ;

Adieu, charmantes fleurs, femmes de mon désir ;
Rêves de gloire, adieu. Toute espérance est vaine,
J'entends déjà clouer mon dur cercueil de chêne !

TORPEUR

LE poème s'endort en mon cœur solitaire.
Je suis triste à pleurer et l'hiver ténébreux,
Qui reprend à la fleur le parfum du nectaire
Et chasse l'hirondelle aux climats plus heureux,
Fait flotter sur mon être une torpeur profonde,
Oh! pourquoi donc ce trouble et pourquoi cet émoi?
Rien ne change ici-bas; la terre est toujours ronde.
Oh! pourquoi ce brouillard qui se répand sur moi?
Le printemps va renaître et la cloche sonore
N'arrête de sonner que pour sonner encore;
Dans les arbres, demain, s'éveilleront les nids,
L'hiver s'endormira sous les cieux infinis.

Je suis triste pourtant, car j'aime la lumière,
Car j'aime le soleil, car j'aime le rayon;
Car notre âme a besoin comme le papillon,
D'emprunter au ciel bleu la céleste poussière
Dont les astres dorés argentent le sillon.

STANCES AU SOLEIL

Sɪ je ne savais pas, ô Seigneur tout puissant !
 Que tu ne sois l'Unique et le seul Roi du monde :
 Qui gouverne le ciel, régit la terre, et l'onde ;
Oh ! je croirais en toi, soleil éblouissant !

O merveilleux soleil ! O source de lumière !
Qui s'éveille aux baisers des roses du levant,
Et s'endort dans la pourpre et dans l'or du couchant,
Vers toi s'envolerait mon ardente prière.

O splendide soleil ! Si je ne savais pas,
Que toi-même, de Dieu, tu détiens la puissance ;
C'est à toi que mon cœur gémirait sa souffrance,
Et que j'implorerais aux portes du trépas.

O soleil ! Car c'est toi, divinité superbe,
Qui nous donne la vie et nous donne le jour,
Qui nous donne la force et nous donne l'amour,
Qui fait chanter l'oiseau dans l'arbre, et croître l'herbe,

Toi, qui sur tes rayons nous apporte des cieux,
Dans l'espace infini le sourire et la joie.
O soleil ! car c'est toi qui brille et qui flamboie,
Colossal flambeau deᵉ éthers silencieux.

Car c'est toi qui remplit de tes célestes flammes
Tout le limpide azur du vaste firmament ;
Car c'est toi qui descend, éternel et clément,
Pour les illuminer, jusqu'au fond de nos âmes.

Car c'est toi la chaleur, car c'est toi la beauté,
Toi l'époux glorieux de la belle nature,
Qui lui met, au printemps, sa robe de verdure,
Et son manteau d'épis, quand apparaît l'été.

Jadis tu possédais des prêtres et des temples ;
Les peuples t'adoraient sous le nom de Baal ;
Mais Dieu t'a renversé du divin piédestal,
Sacrifiant ainsi tes autels en exemples.

Car soleil, tu ne vis que par Sa volonté,
Et pour Lui, tu n'es rien que le grain de poussière,
Que son souffle anima, quand Il fit la matière,
Et duquel tu reçus toute sa majesté !

LE VIN FAIT DANS LES CŒURS
ÉCLORE LES CHIMÈRES

BUVONS, soyons joyeux comme un vol d'éphémères !
Que tous ces nobles crus, aux éclairs de nos yeux
Brillent pareils à l'or, sous le soleil des cieux !
Le vin fait dans les cœurs éclore les chimères,
Il ravive l'amour, scelle l'amitié.
Dans l'âme la plus sèche, il met la pitié,
Illumine la vie et sourit à l'esclave
Auquel son lourd boulet devient légère entrave.

Quand nous sommes grisés par le breuvage exquis,
Iris met son écharpe aux misères humaines ;
Nous songeons à la vigne amoureuse des plaines
Et que nous soyons serf, prolétaire, marquis,
La source d'or jaillit, l'espérance est ouverte,
La femme est plus charmante, et la feuille plus verte,
C'est Dieu ! qui le permet, et des oiseaux chanteurs
Enjolivent pour nous des parterres de fleurs.

IMITÉ D'UNE FABLE DE KRYLOFF

LE loup est, par les chiens, cerné de tous côtés.
Il n'a plus qu'à mourir. O loup ! fais ta prière ;
Ton âme va partir vers les éternités.
Loup, ton tour est venu ; c'est ton heure dernière.
O loup ! fais ta prière !

Ah ! misère et malheur ! Mais, voici le renard :
« O ! renard mon cousin, renard presque mon frère,
Je crois en ton génie et je crois en ton art,
Tire-moi de ce pas, oh ! tire-moi d'affaire.
Renard, presque mon frère ! »

Et le renard alors en élevant la voix
Au loup tremblant de peur dans la verte clairière :
« Qui t'empêche, dit-il, pauvre loup aux abois :
De te réfugier chez Jeanne la fermière,
Dans la vaste clairière. »

« Cousin, je le voudrais, mais je ne le peux pas,
Car à Jeanne j'ai pris sa poule familière,
Et me la suis offerte à l'un de mes repas ;
Car à Jeanne j'ai pris la semaine dernière
   Sa poule familière.

C'est malheureux cousin, mais par contre, tu peux
Au doux berger Sylvain, qui cause à sa bergère,
Demander un asile en quelque rocher creux,
Au doux berger Sylvain, le tranquille amoureux,
   Qui cause à sa bergère.

Hélas ! c'est impossible, impossible mon cher,
Car hier je pris chez lui la brebis laitière
Dont je fis mon dîner, car j'ai mangé la chair,
La savoureuse chair exquise et printanière,
   De sa brebis laitière.

Alors, va donc trouver Martin le bon vacher,
Je suis sûr qu'il aura pitié de ta misère,
Et si tu viens chez lui, qu'il saura t'y cacher.
Il aura, j'en suis sûr, Martin le bon compère,
   Pitié de ta misère.

Renard ! ô mon cousin ! il me faut donc mourir,
Car Martin le vacher, a juré sur son père,
Pour une vache à lui, dont je dus me nourrir,
De me pendre vivant à sa porte cochère,
   Oui ! juré sur son père !

Il ne te reste plus comme suprême espoir,
Que d'aller te cloîtrer dans ce vieux monastère;
Où les moines, en chœur, entonnent chaque soir,
Pour y glorifier Dieu, quelque cantique austère,
  Dans ce vieux monastère.

Ah! je suis donc maudit; dans ce séjour pieux,
La faim me tiraillant, c'est pour la satisfaire,
Que d'un cheval je fis un dîner copieux.
D'un cheval gros et gras en ce couvent prospère:
  C'est pour me satisfaire.

Ça se gâte, voyons.... Il reste le moulin.
Tu seras bien reçu par Fanchon la meunière,
Car la récolte est bonne et le grenier est plein;
Va! tu seras reçu d'excellente manière
  Par Fanchon la meunière.

Cousin trouve autre chose en ton esprit retord:
J'ai dévoré son âne, un soir au clair de lune,
Oui, l'âne de Fanchon qui, bénissant le sort,
Paissait tranquillement dans la luzerne brune,
  Un soir au clair de lune.

Adieu dit le renard: j'y perdrais mon latin;
Si tu te fus conduit d'une honnête manière,
Aujourd'hui tu pourrais échapper au destin;
Il faut pour être aidé, vivre sur cette terre
  D'une honnête manière.

Mais le loup irrité : J'en conviens je suis pris ;
Mais cesse de prêcher. Si j'avais eu ta ruse,
J'aurais pu comme toi, n'étant jamais surpris,
Commettre les forfaits dont ta morale abuse,
    Si j'avais eu ta ruse.

TABLE DES MATIÈRES

MACON, PROTAT FRÈRES, IMPRIMEURS

MACON, PROTAT FRÈRES, IMPRIMEURS